KB027886

최중기 다섯 번째 시집

바람꽃 향기처럼

한누리미디어

국립중앙도서관 출판시도서목록(CIP)

바람꽃 향기처럼 : 최중기 다섯 번째 시집 /지은이 : 최중기. --
서울 : 한누리미디어, 2015
  p. ; cm

ISBN 978-89-7969-501-4 03810 : ₩9000

한국 현대시 [韓國現代詩]

811.6-KDC6
895.715-DDC23   CIP2015009232

자서

시인으로서 입문한 지 벌써 15년
어린 시절부터 시인이 되고 싶었던 꿈이었지만
그 뜻을 이루지 못하다가
다행히도 정광수(시인, 문학평론가), 박일동(시인) 선생님
그리고 유승우(시조시인) 교수님의 추천으로
문단에 첫 발을 내디딘 덕분에
이제 다섯 번째 시집을 내게 되었습니다

어떤 평가가 나올지 두렵기도 하고
부끄럽기도 합니다
갈수록 어려운 게 시 짓기인 듯합니다
그러나 모든 문우 선후배들에게 누를 끼치지 않도록
더욱 정진할 것을 약속드리면서
또한 이번 시집을 내기까지 힘과 용기를 주신 지인들
그리고 문우들에게 지면을 통해 감사드립니다

앞으로도 지속적인 지도와 관심 부탁드립니다
감사합니다

2015. 3. 신춘지절에
최 중 기 드림

차례 Contents

제1부 엿장수 가위소리

8

제2부 물놀이와 나

9

차례 Contents

제3부 촌락의 아침

| 최중기 다섯 번째 시집

제 4 부 가난 소묘

11

차례 Contents

제 5 부 　청마의 꿈

12

제6부 소요산 자재암

13

제1부

엿장수 가위소리

하루 희망 전하는 소식

동트는
새벽녘
여물죽 익어가고

잿빛
굴뚝
연기 오르며

허기진
마구간
새김질 여여한데

밤나무
까치 가족
까악 까악 까악

오늘도
변함없이
하루 희망 오는 소식

제비

잎들이
술렁이는
유월이 오면

비상을 꿈꾸는
어린 제비
둥지엔

어미새
부리에
모정 한 자락

잽싸게
챙기는
노란 주둥이

까치밥

야외에선
어디서나
고수레 첫술

전해져
내려오던
베푸는 마음

지금은
아쉬움으로
남아

눈 내리고
바람찬
깊어진 한겨울

허기진
이들에게
나눔의 정 맥 잇는

마지막
가지 끝
달랑 홍시 하나

얼음치기

해마다
샛강
얼음이 얼면

빙판 위
얼음방석
얼음치기 한마당

씽씽
나간다
비상하는 어린 동심

온몸 녹여
뿜는 열기
찬바람도 비켜 간다

엿장수 가위소리

천년 학이
노닐던
학마을 그 시절

찰깍찰깍
가위소리
모퉁이 돌아서면

한바탕
벌어지는
각본 없는 무대

코딱지
더덕더덕
팔소매 번질번질

고무신짝 빈 병
엿판 위엔
달콤한 눈빛들

지금은
아스라이 남겨진
그리움

목단

곱디 고운
모습으로
세상 시름 무르녹고

소리
없는
밝은 웃음

풀어내는
황홀경

달마중

둥지 안에
지핀 불
어둠을 걷어내고

천지 사방
넘나드는
보름달 달마중

달빛이랑
밝히는
미로의 끝까지

횃불놀이

비워진
빈 깡통
바람이 스며들어

심지 핀
불씨
빛을 발하어

어둠도
걷어내고

허공에
그려지는
동그란 꿈

떡메 치는 소리

묵혔던
지난 한해
풀어내는 새해 전야

찜질방
떡시루
익어가는 낱알들

떡판 앞에
웅크린
바라기하는 아이들

허기진
눈빛도
버무린 떡판 위엔

맞아야
맛나는지
맞고 또 맞고

집집마다
울리는
떡메 치는 소리

촌부의 하루준비

쫑쫑쫑
병아리 떼
햇살 줍는 마당가

촌부의
하루준비
지게 위 바소쿠리 안

논밭갈이
쟁기들
차곡차곡 올려놓고

서두르는
아침나절

반딧불이

한여름
보석처럼
꼬리 끝에 등을 달고

숲숲
숲숲마다
음과 양을 가늠하듯

깜빡
깜빡대는
숲속의 조명등

| 최중기 다섯 번째 시집

폭포수

천년 세월
걸러내듯
떨어지는 일상 속에

낙엽들이
유영하는
흔들리는 세상이다

물잠자리
스쳐가고
바람도 지나가는

하늘도 산도
수면 위는
물구나무 세상이다

맹산의 소나무

맹산의
푸른 심지
심은 지가 수십 년

지금은
어른 나무

백학도
날아들고

지나는
길손
끓는 이마 식히라고

그늘
주는
고운 맘씨

황소의 미덕

시키는 일
묵묵히
순종하는 황소는

천직처럼
받아내는
순종의 미덕이다

달구질도
마다않고
참아내는 인내심

서두르는
일 없는
느림 느림의 미덕이다

고속도로

어둠을
걷어내고
불 지핀 가로등

뚫린 길
가르는
화살처럼

세월을
등에 업고
달리는 일상들

팽이

맞아야 도는
팽이는
삶이요 생명이다

타작마당
떨어지는
낱알같이

돈도
돌아야
시장이 돌고

시간도
돌아야
새날이 온다

돈다 돈다
모두 돈다
맞아야 도는 팽이같이

석란

바위벽을
딛고 서서
농익혀 짙은 향

향중에
향이라고
까치발 하고 서서

뿜어대는
저— 오기

목란

삼동(三冬)
설한풍
떠나간 빈 가지

가지 끝 좌불한
빙그레 웃는
하얀 미소

삶의
쓴맛
다 녹인 듯

성불한 봄나비

제2부

물놀이와 나

설중매

산 넘어
오는 기별
잔설도 몸 사리고

가지 끝
봄맞이
걸린 하얀 등불

아직도
추운지
시린가 손끝을

호호
부는
벌 나비

최중기 다섯 번째 시집

태풍

태풍이
휘젓더니
드리운 그림자

일상이
흔들린다

나무 몸통
다친 상처
하얀 피 <u>흐르고</u>

성난 가지
팔 뻗쳐
바람을 쫓아낸다

텃밭 · 1

고개 내민
파란 싹

감아 도는
봄기운
살랑살랑 반기고

첫 봄맞이
햇병아리
옹기종기 모여

재잘대는
봄 마당

떠나간 강남제비
기다리는 처마 끝

텃밭 · 2

아파트
담벽 아래
조각난 밭뙈기

올망졸망
푸른 잎
초록 웃음 궁그는

한낮의
텃밭은
윤기 흐르는 상추 잎

도지는
입맛 따라
차오르는 비닐 주머니

진달래

봄 동산
붉은 정감
맛도 좋아 진달래꽃

꽃잎도
즐겨 먹어
입술에도 분홍꽃이

꽃가루
따다
놀란 벌

촉침 뽑아
윙 윙 윙

물놀이와 나

그때
해마다
여름이 오면

소목동
소고삐
풀밭에 풀고

실개천
물장구
물놀이와 나

수중의
송사리들도
편들어 꼬리치고

물이랑
가르며
어린 꿈 키우던

지금은
타지에서
그려보는 유년의 추억

북녘 하늘 산동네도

봄소식
매화향
가지 끝에 걸어놓고

벌 나비
불러 모아
강 건너 북녘 하늘

그늘진
산동네도
골고루 전하라고

나눠주는
봄바람

철마는 달리고 싶다

달리고픈
경원선
도는 굽이마다

통일의
염원
배어나고

녹슬은
철도 노선
반백년의 끊긴 길

저 멀리
북녘 하늘
마음 벌써 고향 땅

망향의
눈시울
붉히는 그리움

이파리춤

유월의
초록 물결
일렁이는 산하

바람이
추는
이파리춤에

실개천
물줄기도
졸졸졸 창을 뽑고

풍류를
자아내는
낭만기의 바람이다

44

봄의 서정

입춘 지난
봄의 숨결
산을 넘어 오고 있다

눈꽃
닮은 꼴
매화꽃도 와 있고

우수 경칩
지난 들녘
개구리 입 트며

후미진
산허리
짐을 꾸리는
하얀 잔설

마당가
어미닭
휘몰이 한창이고

꽃길을 걸으며

철 되면
마주하여
소근대는 모습들

질 줄
알면서도
피는 꽃

묻고 싶어도

그저
빙그레
주름 없는 웃음만

소꿉놀이

불 지핀
정지에는
익어가는 어린 꿈

상차림
상 위엔
묻어나는 맑은 동심

버무려
맛깔나는
봄소식도 올려놓고

봄볕도
자리한
꿈을 짓는 어른 흉내

47

섶다리

건넛말 안동네
양짓말 뒷동네
얽히설키 섶다리

들녘의 논밭갈이
하루 일 지친 황소
오줌줄로 풀어내고

물소리
노랫가락
소쿠리에 담아 지고

소고삐 앞세워
콧노래 부르며
건너던 농다리

수박서리

숨소리조차
잠재우고

차고 든
밭뙈기
가슴 조이는 수박서리

어느새
눈치 챈
번뜩이는 눈빛이다

맥 풀린
고사리 손
꼬리 잡힌 어린 동심

묵정밭

해묵은
묵정밭
황소몰이 밭갈아

이랑 위에
뿌린 봄

싹이 터
고개 들면
봄볕도 날아들고

두더지도
활개치는
파룻파룻 햇살밭

가래질

두메산골
다락논
우렁이도 돌아오고

올챙이도
놀아나는
일렁이는 마음바다

바지배미
버선배미
얼음 풀린 논배미

막힌 물꼬
빗장 풀고
봄문 여는 가래질

그네

초록빛
출렁이는
오월의 언덕

부서진
바람 조각
휘날리는 창공으로

오만 가지
잡념들
풀어내는 나비춤

최중기 다섯 번째 시집

배설
― 중환자실

짙은 향
솔솔솔
조미한 향인가

하루 세 번
퍼 마시더니
노란 꽃 피워놓고

항아리
찾아
찾아 헤매더니

시트 위를
항아리 삼아
꼿꼿이하였네

겨울 호수

얼음 깔린 호수 위
하늘이
내려와
바람과 함께

아리게
울리는
씽씽씽 칼바람

해빙을
꿈꾸는
하늘 밑 생명들

빙판 위로
일렁이는
구름떼

듬성듬성
배여 있는
계절의 잔해들

54

제3부

촌락의 아침

소낙비

드리운
구름 그늘
성난 하늘 죽비치듯

치는 천둥
붓는 빗살

마당가는
떴다 졌다
떴다 감았다

퐁퐁퐁
물방울
동동 뜨고 지고

겨울 소식

겨울이
오려나
삭풍이 이는 소리

아쉬움이
도지는 지난날이
걸리고

계절은
기우는데
개 짖는 소리

귀밝기
누렁이도
첫눈을 기다리는가

이삿짐 풀어놓고

흔들리는
시간들을
꼭꼭 묶어

새로워
낯선 거리
내려놓은 일상들을

주섬주섬
가려내고

군데군데
떠난 이들
남긴 흔적

인기척에
잠이 깼나

새로 맞이
구석구석
손길도 덤벙대는

낯설은 살림 정돈

빨래터

더덕더덕
삶의 흔적
풀어내는 방망이질

헹구어지는
손끝으로
거품꽃 피워내고

풍기는
비누향
물살 타고 둥둥둥

59

노을바다

가을은
계절이 조미한
상쾌한 바람 맛

영글어
선선하고

노을은
모든 것을
차지하고도 모자란 듯

올올마다
해를 품어
물이 들고

새털구름은
치맛자락
비를 품어

출렁이는
노을바다

노송

백학도 떠나고
구름도 쉬어가던
가지 끝 빈 자리

간간 솔바람
솔잎결 비파삼아
연주곡 여여한데

세월 따라
각인된
훈장 같은 각질 피부

극한의
밀도로
다져진 몰골

햇살만이
머물러
오래 익은 이야기로

지새는
노송 한 쌍

돌담집

봄 향기
솔솔솔
꽃도 피게 놔두고

비운 지 오랜
돌담집

찾는 이 없는
댓돌 위엔

님
기다리는
신발 한 짝

최중기 다섯 번째 시집

시골밥상

풀무질에
타는 불꽃
하얀 피 흐르고

부글부글
끓는 거품
흘리는 무쇠솥

이팝나무
이팝꽃
찜들어 익어간다

밥상 위에
놓인 수저
허기진 눈빛

이팝꽃
피고 지는
상 위의 밥그릇

고향맛
익어가는
냉이국도 한 그릇

봄이 오는 길목

산마루
도는 굽이
골안개 드리우고

빛을
쪼는 텃새
시린 발 녹이는데

산비둘기
구구구
산허리 차고 들고

일렁이는
봄 안개
깃질하는 종달새

| 최중기 다섯 번째 시집

함박눈

닿자마자
온몸 녹여
사라지는 뒤안길

가고 옴이
분명한
눈 오는 날의 혼적

물기로
거듭나
비상하는 파란 꿈

65

비 소식

물동이
이고 진
비구름

산 그림자
수물거리고

청개구리
짖어대는
술렁이는 비 소식

재빠른
손놀림
걷어지는 빨랫감

달개비 꽃

꽃중에
꽃이라고
들꽃중에 하나던가

위엄 있는
장닭 벼슬
닮은꼴 달개비 꽃

둥지 튼
닭장 옆
고집스런 달개비

장닭
머리에도
피었네

67

난을 치며

깔아놓은
여백으로

붓발이
지나간다

선명한 선과 점
수물거리는 거리를

검은 구름 앞세워
뿌려대는 붓놀림

최중기 다섯 번째 시집

촌락의 아침

어둠을
걷어내고
빗질하는 아침 햇살

병아리떼
쫑쫑쫑
어미 뒤를 졸졸졸

초록 잎
새벽 이슬
반짝반짝 빛바라기

모퉁이
돌아 돌아
첫차가 지나가고

찻잔을 놓고

일상을
풀어놓은
찻잔의 안개꽃

삭신까지
녹이는
솔솔 피는 짙은 향

파란 꿈
꿈꾸는
출렁이는 바다다

최중기 다섯 번째 시집

반짇고리

베갯잇
묻어나는
포근한 숨결

목단향
솔솔 피는
꽃무늬 반짇고리

올올마다
배어있는
할머니의 숨소리

새해 아침

집집마다
제사상
솔솔 향이 타고

미루나무
가지 사이
살짝 내민 까치 한 쌍

아침
인사
여여한데

햇살 받은
뜨락에는
새 다짐 번뜩이고

72

제4부

가난 소묘

해빙 · 1

꽃샘추위
시린 가슴
풀리는 해빙의 꿈

잔설 녹고
새순 돋는
개구리 입 트며

봄을
노래하는 소리
산하마다
차고 넘어

은유와
환치의 계절
봄은 오는데……

최중기 다섯 번째 시집

해빙 · 2

왕방산
계곡물
얼음 풀리니

돌 틈 사이
물풀들
허리 펴고 일어섰네

언제
알고
왔는지

눈치 빠른
봄내음

해빙 · 3

녹는 잔설
계곡천
목청 풀리면

물안개 걷힌
맑은 산
울음 우는 개구리

버들개지
눈 뜨는
탑동 계곡천

가난 소묘

지붕 위
박꽃 피면
장작 태워 짓는 밥솥

팔락이는
불길 따라
연기처럼 그을린 삶

감자톨
밀기울
허기 짓는 끓는 가난

실연기
피는 굴뚝
가난이 타고 있다

귀갓길

지는 해
서산 따라
능선 위로 숨어들면

소목동
고삐 잡고
발걸음도 빠르게

하강하는
노을 따라
접어드는 백학 한 쌍

나팔꽃

소리 잃은
입술도
윤기 나는 보랏빛

아침이면
나팔모양
꽃잎마다 둘러놓고

동글동글
구슬 같은
맺힌 이슬 목에 걸고

소리 없이
담장 위에
우뚝 선 기상나팔

관절

어설픈
몸짓
걸음걸음 딛는 아픔

무릎마디
마디마다
통증 있는 관절이라

자주
주는 기름칠도
별 볼 일
없는 마디던가

지난
연륜
녹슨 톱니

반갑잖은
이력서

산나물

산나물
싹 텄던가
산비알 볕이 들어

햇볕 머문
산허리
나물꾼 들락날락

눈치 보던
나물순
풀숲으로 숨어들고

눈 녹은
산골짝
차오르는 계곡물

낙엽의 여행

타는 산
붉은 잎

물살 이는
소용돌이
곳곳마다 울긋불긋

삿대 없이
가는 배
너울너울 물살 타고

노을
따라
뱃길 연다

박꽃

해 지자
지붕 위
보름달 뜨고

넝쿨 위
군데군데
박꽃 피었네

소 목동
고삐 잡고
발 빠른 귀갓길

저녁 연기
모락모락
오르는 잿빛 굴뚝

샛강 봄맞이

살얼음 녹여
물꼬 트고
풍기는 물내음

버들개지
실눈 뜨고

봄문
여는
샛강 물길

최중기 다섯 번째 시집

유월의 상차림

때 되면
차린 식탁
녹음 짙은 유월에

푸짐한
쟁반 위엔
파릇파릇 상추 잎

정겹다
둥근 소반
모락모락 피는 정

사랑도
올려놓고
입맛도 솔솔솔

손 벌린
상추 잎
쌈장 맛도 눈을 뜬

맛이
익는
작은 텃밭

탑동고개 돌무덤

탑동고개
돌무덤
담긴 소원 비는지

면면마다
햇살 돌고

머리 위에
빈 자리
돌 하나 놓으라고

지나는
길손마다
꼬드기던 돌무덤은

지금은
흔적 없고
포장된 고갯길만

*동두천시 왕방산 가는 길

봄나들이

수다 떠는
실개천
샛강 따라 걷는 길

싸리문
여는 봄볕
언 몸 녹는 문설주

아침 이슬
풀섶에서
묻어나는 봄소식

새싹

잿빛
양수에서
나온 지 며칠째

봄 햇살
텃밭에서
걸음마 열중인

하늘하늘
파란 싹

귀엽다고
손뼉 치는
살랑살랑 봄바람

노을 한 점

고단함
잠재우고
서산에 드는
구름 한 점

그을린
빛살
쓸어내고

넘어서는
뒷모습

고개 든
뭉게구름
발그레 물이 든다

향수

봄눈
녹으면
싸리골 수천리

피는 꽃들
화사한
내 고향 토담집

후미진
담 모퉁이
곱게 짓던 함박웃음

그리워라
불현듯
도지는 향수병

씨앗

두렁이
품은 씨앗
발아를 서두른다

묻어준
호미 끝
고마움 아는지

어느새
밀어 올린
파릇파릇 어린 싹

비닐 조각
양산 쓰고
반짝반짝 빛바라기

제5부

청마의 꿈

혈압을 재며

물증 없는
현행범

영장 없이
차는 수갑
위험신호 경보음

수의번호
100이라
고개 든 140

출소일
언제인가

기다리는
무기수

청마의 해

동녘 하늘
재 넘어
노을 따라 넘는 해

청마의 해
갑오년
질주하는 말발굽

힘찬
용틀임이다

비상을
꿈꾸는
청마의 기상이다

청마의 질주

까다닥
까다닥
일궈내는

초원의
파란 꿈
이루듯 꾸벅인다

걸음
걸음마다
까닥이고

뽀얀 먼지
이는 길 위
바람꽃 피어난다

국화

황금 들녘
노을빛
일렁이는 가을 서정

지는 낙엽
영근 이삭
고개 숙인 꽃잎도

곧
올
찬이슬

떠날
준비
서두르는지—

참새

날 밝은 창가
무리지어
떠는 수다

아침잠도
없는지
늘어진 빨랫줄에

줄줄이
모여 앉아
조잘대는 세상 얘기

신문보다
빠르게
앞서 오는 오늘 소식

너럭바위

폭포수
물길 따라
첫 여름이 흐르고

계절의
푸른 여신
방석이 된 너럭바위

고된 삶
지친 이들
몸 푸는 쉼터인 양

낙엽도
함박눈도
도돌이로 내리는 자리

너럭바위는―
꿈을 짓는
오늘의 바코드

촌락의 저녁 풍경

초저녁
들녘에
어둠이 내리면

불 지핀 마당가
옥수수
익어가고

촌로의
이야기꽃
주름진 웃음거리

별빛이
내리는 밤
달빛도 늙어간다

│ 최중기 다섯 번째 시집

청마의 꿈

감아도는
허릿길
돌아돌아 끝자락

자유가
무르익고

푸른 빛
감도는
꿈꾸는 희망 하나

콩타작

꽃대 끝에
달린 씨방
줄줄이 영근 이삭

탈싹탈싹
가을마당
부딪치는 모릿길에

콩콩 뛰는
콩알들

낱알들로
환생하여
꿈을 이루는 타작마당

송편을 빚으며
― 한가위전야

지붕 위
붉은 감
달마중 나섰네

쟁반 위엔
줄줄이
반달이 누워 있고

달아달아
밝은 달
팥고물에 포개 넣어

기다림
고이 접어
달마중 채비 서두른다

한가위
― 옛 시절의 그리움

달빛도
창창한
야밤 정지는

햇살 가루
송편 빚어
찌는 김 모락모락

제사상
준비하는
달가닥 소리 새롭다

알몸 꽂감
하얀 분
제사상 자리매김

들떠있는
상차림
한창인데

워이워이
새 쫓는 소리 틈새로
새어 들고……

| 최중기 다섯 번째 시집

등대

고기잡이
머-언 바다
출렁이는 파도 따라

뱃길
잃은
어선들에

창창대해
불 밝히는
깜빡깜빡 등대불빛

물 이랑
타고 오는
만선의 길안내

재인폭포

전설의
재인폭포
줄타기 광대는

입은 상처
그리 큰 듯

무엇이
그렇게
슬프게 했는지

멈출 줄
모르는
한의 눈물 재인폭포

해바라기

하늘가
노을이 지면
가쁜 숨 고르고

깨걸음
절인 발
다독여

담장 아래
기대서서
고개 숙인 바라기

철원평야

기러기떼
넘나드는
북녘 하늘 길목에서

피켓처럼
펄럭이는
이파리들 술렁이고

북쪽 소식
기다리는
백로의 늘어진 목

지친 목
박제된
이산의 아픔이다

기러기
까욱까욱
북쪽 소식 풀어놔도

세월 따라 잊었는지
언어조차 장벽이다

눈물만이
펑펑 쏟는
백발의 서러움이다

109

그물질

어린 시절
고기몰이
물살 따라 그물질

쉴 새 없이
물을 밟아

드리운
그물망엔
모여드는 기쁨들

항아리용
고무신짝
팔딱팔딱 꼬리춤

기다림

해의
행방
묘연한 채

가물에
늘어진 숲
산을 품고 기대서서

한 줄기
소나기라도
기다리는 듯

목을 빼고

매미

맴
매— 앰

하도 고와
고운 건
긴 침묵 여러 해

농익듯
익어설까

호기심에
그물망
계절을 낚는 아이들

맴
매— 앰
짧은 삶 아쉬워

토해
내는
여름의 노래

| 최중기 다섯 번째 시집

제6부

소요산 자재암

독수리

세월의
이야기들이
옹이마다 새겨진

고목 위에
버티고 서서
비상하는 날갯짓

용맹을
자랑하듯
저— 눈꼬리

농악놀이

귀한 가락
피리소리
그지없이 하도 맑아

일상을
잠시 접고
오는 해 풍년 기약

서로간
하나 되어
일궈내는 마당놀이

마루 밑
졸던 개도
꼬리 달고 나오고

바람꽃 향기처럼

봄눈 녹으면
봄볕 든 뜨락엔
모두가 바람꽃

손 벌린
잎잎마다
푸른 색 푸른 꽃
노란 색은 노란 꽃

골고루 물들여
풍기는 고운 향

겨울이 오면
창공에도 도돌이하며
피고지는 눈꽃송이

아— 바람꽃!
내 안에 피려는 꽃은
어떤 모습의 꽃이 필까

새봄맞이

씨를
품은
텃밭에는

두렁마다
해산한
파릇파릇 새싹들

가렵다
호미 끝
살살살 긁어주면

빛도
와
놀아주고

무럭무럭
저마다
잘도 놀고 커간다

초음파

수십 년
동행한
늙은 노마(老馬)

이제사
마주한
설레이는 눈빛이다

채널 안에
비친 모습
긴장이 흐르고

멎은 심장
무호흡
반갑잖은 부정맥

호전된다는
진단 후의
고운 미소

솟는 기쁨
이는 걸음
발걸음도 가볍다

개인 날

하품한다
나무들

햇살 밭
일구는
산 그림자 호미 끝

긁어낸
그늘 조각
서산으로 보내고

나뭇가지
끝자락
푸른 속잎 눈 뜬다

목욕봉사

씻기 싫어
찡그리는
곱지 않은 인상이다

가족도
놓은 손길
볼보는 보람이다

거품도
동글동글
삶의 흔적 걷어내고

보듬는
곳곳마다

닫힌 마음
풀어내는
사랑의 손길이다

해우소

때 되면
통과의례
피할 수 없는 두레길

허리춤
고이 풀어
내려놓은 잡념들

뒤 기분이
산뜻하다
여기가 가나안인가

구석 끝 모서리
또아리 튼
벗긴 몸매

수줍어 짓는 듯
주름 없는
하얀 미소

아궁이

들쑥날쑥
긴 호흡
분주한 이 비 설

불 지핀
입안으로
가을이 타들어

열 받은
심장박동

달군
체온으로
녹여내는 엄동설한

122

가을이 깊어지며

지는
낙엽
떠날 채비

풀이 죽어
늘어지고

남방셔츠
팔소매
두터워진 옷차림

간 밤 내린
하얀 서리

기운 잃은
초록 잎새

달무리

창공의
별들 몰래
허공의 끝자락

뿜어대는
붉은 입김
동그라미 막을 치고

밤하늘
별빛보다
달빛 밭을 일구고자

꿈을
짓는
달무리

봄소식

입 트인
산 뻐꾹
봄을 부르고

훈풍으로
돌아와
뿜어대는 봄 향기

강남 갔던
제비도
풀어놓은 남쪽 소식

포구의 새벽 풍경

이글거리는
모닥불
타는 갯내음

고쟁이 끝
물고 있는
알몸 몸통 익은 뱃살
고거 삼삼 도루묵

한 잔 술
뱃길 꿈
아침 해장 취기도

측정 없는
알콜 검사
뱃놈들의 특혜다

서리꽃도
만발한
뱃길 여는 출어 준비

공기놀이

움켜쥔
손 안에
익어가는 어린 동심

한 줌 손에
치켜 올려

동그라미
그려놓고
돌아와 꿈꾸는

익어가는
파란 꿈

술래잡기

꼭꼭
숨은 듯
바스락 소리 포개놓고

숨소리
잠재워
깊이 숨긴 머리카락

허둥대는
술래발길
닿는 곳 곳곳마다

응시하는
술래 눈길

소요산 자재암

봄볕
내려앉은
산사 뜨락

파릇파릇
새싹들
옹기종기 모여

재잘대는
봄마당

얼음 풀린
폭포수 봄노래
새 다짐 다독이고

굽이굽이
산허리
감아 도는 벚꽃 향

물레방아 · 1

긴 잠에서
깨어난
물레방아 도는 소리

자리 폈던
처녀총각
어디론지 간데 없고

허기진
참새들만
줄줄이 모여들어

동네방네
도는 소문
돌고 도는 입방아

물레방아 · 2

허기진
물바가지

물길 열어
길을 트면
움직이는 물둘레

모여든
참새들
수다 떠는 입놀림

모퉁이 집
김 서방
쉬쉬하는 염문설도

낱알같이
벗겨지는
돌고 도는 입방아

최중기 다섯 번째 시집

바람꽃 향기처럼

·

지은이 / 최중기
발행인 / 김재엽
발행처 / **한누리미디어**
디자인 / 지선숙

·

121-840, 서울시 마포구 잔다리로 35, 2층(서교동, 서운빌딩)
전화 / (02)379-4514, 379-4519
Fax / (02)379-4516
E-mail/hannury2003@hanmail.net

·

신고번호 / 제300-2006-61호
등록일 / 1993. 11. 4

·

초판발행일 / 2015년 4월 6일

·

ⓒ 2015 최중기 Printed in KOREA

·

값 9,000원

·

※잘못된 책은 바꿔드립니다.
※저자와의 협약으로 인지는 생략합니다.

·

ISBN 978-89-7969-501-4 03810